Tales from the Isle of Spice

Best to you
Richard Hoenstetter

Tales from the Isle of Spice

A collection of new Caribbean folk tales
by Richardo Keens-Douglas

art by Sylvie Bourbonnière

Annick Press
Toronto • New York • Vancouver

© 2004 Richardo Keens-Douglas (text)
© 2004 Sylvie Bourbonnière (art)
Design by Sheryl Shapiro

Originally published individually by Annick Press Ltd.
© Richardo Keens-Douglas (text)—*The Nutmeg Princess*, 1992
© Richardo Keens-Douglas (text)—*La Diablesse and the Baby*, 1995
© Richardo Keens-Douglas (text)—*Freedom Child of the Sea*, 1995

Annick Press Ltd.
All rights reserved. No part of this work covered by the copyrights hereon may be reproduced or used in any form or by any means – graphic, electronic, or mechanical – without the prior written permission of the publisher.

We acknowledge the support of the Canada Council for the Arts, the Ontario Arts Council, the Government of Ontario through the Ontario Book Publishers Tax Credit program and the Ontario Book Initiative, and the Government of Canada through the Book Publishing Industry Development Program (BPIDP) for our publishing activities.

Cataloging in Publication

Keens-Douglas, Richardo
    Tales from the Isle of Spice : a collection of new Caribbean folk tales / by Richardo Keens-Douglas ; art by Sylvie Bourbonnière.

ISBN 1-55037-867-8 (bound).--ISBN 1-55037-866-X (pbk.)

1. Children's stories, Canadian (English) I. Bourbonnière, Sylvie II. Title.

PS8571.E44545T34 2004   jC813'.54   C2004-901825-6

The text was typeset in Apollo.

Distributed in Canada by:	Published in the U.S.A. by Annick Press (U.S.) Ltd.
Firefly Books Ltd.	Distributed in the U.S.A. by:
66 Leek Crescent	Firefly Books (U.S.) Inc.
Richmond Hill, ON	P.O. Box 1338
L4B 1H1	Ellicott Station
	Buffalo, NY 14205

Printed in Canada by Friesens, Altona, Manitoba.

Visit us at:
www.annickpress.com

Contents

THE NUTMEG PRINCESS
11

LA DIABLESSE AND THE BABY
29

FREEDOM CHILD OF THE SEA
39

I was born on the beautiful island of Grenada, in the Caribbean, affectionately known as the Isle of Spice. Grenada is full of beautiful flowers, mountains, rivers, waterfalls, white sandy beaches with crystal blue water, and, most of all, wonderful people.

In my early life my parents instilled in me a sense of self, to always believe in my dreams and never let anybody take them away from me. That's why, when a young girl asked me if I knew a story about a black princess, I had to write one. I had to make her dream come true – and I wrote *The Nutmeg Princess*, a story about "if you believe in yourself, all things are possible."

La Diablesse and the Baby is based on a folk character from Grenada. Stories like these are passed down through the generations by the elders. That's why it is so important for families to stick together and be there for each other. There is nothing more special than a family getting together on a full-moon night, or after dinner, to tell stories. We all have a story to tell and share. So tell your stories.

Freedom Child of the Sea is my attempt to whet your appetite about what happened during the slave trade period on the ships that sailed from Africa to the West Indies. But most of all it is about hope and faith. It is a story that tells us it is up to each person in this world of wars and sadness to take care of one another, because if we believe in goodness and are kind to each other, Freedom Child will walk out of the sea one day without a scar on his body, and we will all be jumping with joy.

So you see, my friend, it's up to you and me. Never be afraid to enjoy the beauty and the people all around you and – no matter what – we must never give up hope and believing that we are all special and nobody can take that away from us.

—Richardo Keens-Douglas

The Nutmeg Princess

Once upon a time, on a little island in the Caribbean called the Isle of Spice, there lived an old lady, way up in the mountains. Petite Mama was about four feet tall. Her eyes were dark and deep. Her voice creaked like dry branches, and when she laughed it filled the air like earthy thunder. Although Petite Mama was tiny, she was a hard worker and very strong. She owned lots of land away up in the mountains, planted with every tropical fruit you could think of. There were sapodillas, mangoes, bananas, star apples, sugar apples, guavas, oranges, soursops, and plums, just to name a few. And when these fruits were in season, she would go into the land and pick them and load them onto her donkey-drawn cart. Then she would wrap her head in a beautiful colored scarf, put on her favorite wide-brim straw hat, and down the mountain she would go to sell her fruits. Because nobody was coming up the mountain to buy from Petite Mama.

They were all afraid of her. They thought she was some kind of witch or obeah woman. But that didn't bother Petite Mama. She would come down, park her cart by the side of the road, and people would come from all over the island just to buy her fruits: because they were the sweetest and juiciest fruits you could ever want to bite into.

Although Petite Mama had many fruit trees, her choicest crop came from her nutmeg and mace. Further up the mountain, just past her nutmeg trees, there was a bottomless lake in the middle of a volcano. People came from far and wide with their high-tech machinery to try and find the bottom of this lake, but no matter how they tried, the bottom just went on and on and on. Now on this lake, Petite Mama said, there lived a young black woman. Petite

Mama called her "The Nutmeg Princess," because she would only appear when the nutmeg was ready for picking and the sweet smell of the spice was in the air.

"She's the most beautiful princess you have ever seen," Petite Mama said, "big eyes, a beautiful smile, and she's always dressed in a pale blue gown, and her head is covered with hundreds of tiny braids, and at the end of each braid hangs a little dewdrop that looks like a diamond." Petite Mama continued, "It's the kind of beauty you can't put words to. Her beauty flows from inside her soul." And when she came she would sit in the middle of the lake on pieces of bamboo tied together by straw and just drift, humming a soulful song. Sometimes it was sad, sometimes it was happy. And in the blinking of an eye she would disappear.

Petite Mama was the only one who had ever seen this little black princess on the lake. That's why people from the town gossiped about her and thought her a wee bit strange.

Now in that same town lived a boy named Aglo.

His parents didn't have much, but the little they had was all they needed to be happy, because Aglo's home was full of love, and material things didn't matter to him. His best friend was a chubby-faced girl called Petal, and she lived a few houses down the road from him.

Aglo and Petal loved to read. They were very fortunate because Petal's father was the librarian in the town, and he would bring home all kinds of rare books, and they would sit on the steps or under a mango tree and read to each other, losing themselves in the magical pages of those books.

Aglo was not afraid of Petite Mama because, to him, she was just another human being. Every time he would pass her selling her fruits, he would shout out,

"Do you want any help today, Petite Mama??"

And she would shout back:

"No thanks, sonny, no thanks."

Some days she would surprise him and throw him a book. He would jump for joy, run down the road as fast as a hummingbird, straight to Petal's house, and they would sit on the steps and read his new book.

Then one day Aglo went all the way up the mountain to see Petite Mama.

"Tell me something, Petite Mama. Is there really a Nutmeg Princess?"

"Why d'you want to know?"

"Because I would like to see her. The nutmeg is beginning to bloom and she should appear soon."

"Do you believe I see her?" Petite Mama asked.

"Oh yes, Petite Mama, I believe you."

"Then listen well. You have to get up bright and early in the morning, like me. Four a.m., before the first cock crows, and the air is clean and fresh, and you can smell the nutmeg and the morning dew on the flowers. You think you could wake up that early?"

"That is no problem for me, Petite Mama, no problem at all," Aglo said, bubbling with excitement.

"Then when you hear the first cock crow," she said, "you start to climb up the mountain. Go through the fruit trees and through the nutmeg trees until you reach the side of the lake, then sit down on the big stone by the old red rowboat and wait."

"Will she come?" he asked.

"Only the good Lord knows, my child."

And with that he was gone like lightning down the mountain straight to Petal's house.

"Petal, Petal," he shouted.

"What's the matter, Aglo?" She was looking out the window.

"Tomorrow is Saturday. No school. So I'm going up the mountain to the lake to see if I can see the Nutmeg Princess."

"Sounds like fun. What time?"

"Four-thirty in the morning. Are you coming with me?"

"Great. See you tomorrow."

Cokey-o-coooooo. Cokey-o-cooooo. It was a quarter to five the next morning, and they were halfway up the mountain when the first cock crowed. It was dark and the tropical air was fresh and clean. You could hear the distant sound of a river flowing down the mountain.

"Ruff-ruff," a dog barked in the distance, and a chorus of dogs answered back.

Up and up they went through the fruit trees, stopping to pick some mangoes for breakfast. Up and up they went through the nutmeg trees, until at last they came to the small lake.

It was five-thirty when they sat down on the big stone by the old red rowboat. The smell of the nutmeg was very strong, drifting back and forth in the fresh morning breeze. The sweet familiar sounds of the birds were like music to their ears. They sat and waited, eating their mangoes, but there was nothing on the lake, nothing unusual.

Then all of a sudden all the birds stopped singing and everything became very still.

"Look, look," Aglo said quietly, "there she is."

"Where, where?" Petal whispered.

"There," Aglo whispered back.

"Where, where?" Petal shouted. No matter where Petal looked, she couldn't see the princess.

"She is looking at us, Petal. She's looking at us."

"What is she like, Aglo?"

"She's a very good-looking lady, Petal. She has a long blue dress on, and she is smiling at us."

"Is it true she has diamonds in her hair?"

"Yes, it's true, and she has a glow around her."

"What is she doing?"

"She's just smiling at us. Oh, she's gone. Petal, she's gone."

"I wished I could have seen her," Petal said, disappointed.

"Maybe next time, Petal. Let's go home."

Back down the mountain they ran. They passed near Petite Mama's house and told her the good news. Petite Mama just looked at them, smiling. And down they continued, shouting they had seen the Nutmeg Princess.

"Who is that making all that noise in the yard?" said one neighbor.

"It's Aglo and Petal. They say they've seen the princess," said another.

"You see what does happen when you talk to people like Petite Mama," said a fisherman. Aglo ran into his house to tell the good news.

"Did you have breakfast?" asked his father.

"No, Dad," said Aglo.

"That's why you saw the Nutmeg Princess. Your belly was empty. You need some food."

Nobody would believe him except Petal and Petite Mama.

Word got around about the princess with the diamonds in her hair. Although the people didn't believe Aglo, half the town were up the mountain sitting by the lake. They were there out of greed. They thought, if what Aglo said is true and the princess is real, with all those diamonds in her hair, they would get some and be rich for the rest of their lives.

But the princess never came.

This went on for two mornings. Then, on the third morning, Aglo and Petal returned to the lake and sat in their favorite spot, on the big stone by the old red rowboat. And once again, suddenly all the birds stopped singing and everything became very still.

"There she is," said Aglo.

"Where? Where?" everyone started shouting.

No one could see her. Not even Petal. All they could see was the floating bamboo raft. And that was enough for Petal, because in her heart she believed Aglo could see the princess.

"I see a raft," said a lady with an umbrella.

"Maybe the diamonds are on the raft," said the fisherman. And with that they all jumped into the water with a big splash and started swimming towards the raft.

The Nutmeg Princess just stood there, singing her song. It was a sad song, because she saw how the people only cared for riches and nothing else. And then she signaled Aglo and Petal to come out to her.

"She wants us to come out to her ... but ... but I can't swim."

"Let's use this old rowboat," said Petal.

"Great idea," said Aglo.

They pushed the boat into the water and off they went towards the princess. Rowing and rowing. But it was an old boat and halfway there it started to leak and slowly began to sink.

"I can't swim. I can't swim," Aglo called out in a panic.

"Don't worry," said Petal, "I can. Just hold on to my shoulder when we get into the water and everything will be all right."

Aglo lightly held on to her shoulder and Petal swam and swam with him, and when they got to the raft, they climbed on all wet and exhausted.

"Is she here?" Petal asked, out of breath.

"She is and she is smiling at us," said Aglo.

And every time one of the townspeople would get close to the raft, it would drift away out of their reach, until they all got tired and swam back to land and just watched Petal and Aglo floating on the lake. Aglo's face was beaming with joy.

And all of a sudden the princess shook her hair, and all the dewdrop diamonds scattered all over the lake. It was as if the heavens opened and were raining millions of stars, and one of those diamonds landed in the middle of Petal's forehead. Petal looked up, and there she was. Petal could see the Nutmeg Princess.

"I can see her, Aglo. I can see her!"

"You were unselfish," said the princess. "You didn't think only of yourself, but cared enough for your friend to bring him to safety. Take that gift of caring out into the world. Go now, follow your dreams, and if you believe in yourselves, all things are possible." And she was gone.

They went back down the mountain, followed by all the townspeople, straight back to Petite Mama's house. But there was no Petite Mama.

Petite Mama was gone. She left a letter with the town's lawyer, and this is what the letter said:

I leave my entire estate to Petal Cape and Aglo Marcus, because I know they will keep my fruit trees bearing and my nutmeg trees growing, for generations to come.

And today, because of Petal and Aglo's hard work, the nutmeg is the most precious crop on that little island in the Caribbean, the Isle of Spice.

And to this day no one has seen the Nutmeg Princess or Petite Mama ever again.

La Diablesse and the Baby

When I think of La Diablesse, I get goosebumps all over. She is a tall woman, very beautiful, impeccably groomed. She wears a glamorous, wide-brimmed straw hat that covers part of her face, and she always wears a long gown, right down to the ground, that covers her toes.

Do you know why she does that?

Because La Diablesse has one human foot and one cow foot. Yes, you heard me: one human foot and one hoof. She likes to go for long walks in the moonlight. They say that if you make the mistake of talking with her, she'll take your soul, just like that. They also say that, because she doesn't have any children of her own, she tries to take other people's children, especially babies. She comes in the middle of the night and brings them back to her mountain home, and you would never see them again.

No one knows where La Diablesse lives.

The country house where my grandmother lived is surrounded by a lot of cocoa trees and fruit trees. One dark, dark night it was raining outside; the moon didn't come out at all. When the rain hits those trees, it makes a lot of noise – *pow-wishh, psssshhh, tac tac tac tac*. That noise, mixed with the thunder and lightning, is enough to wake the dead.

Now that night the only sound you could have heard over that din was the crying of a baby and the sweet voice of a woman singing a lullaby. The sound was coming from my grandmother's house. Granny was sitting by the crib and rocking a frightened little baby, and singing,

"Don't cry no more, sleep my little one,

Don't cry no more, sleep my little one ..."
... when there was a knock on the door.

Granny stopped singing. The baby kept on crying.

"Who is it?" Granny asked.

"It's just a little lady," the voice said. "I would like to shelter from the rain. Would you mind if I just sat on your veranda?"

Granny got a little suspicious right away, because it seemed very strange for a woman to be out in the middle of the night, in all that bad weather, away up by Granny's house.

But then Granny thought maybe this lady missed her last ride home and decided to walk and was caught in the rain.

So Granny with her good heart said, "All right, you sit on the veranda until the rain eases up."

There was a silence … All you could hear was the rain getting heavier and the wind dancing with the trees.

"It is raining really heavily outside and I'm getting very wet. Would it be all right if I came in and sheltered from the weather?" The voice came through the window blinds just as clear as a bell.

Granny said, "All right, just come in and sit by the door."

Very slowly the door opened and the woman

walked into the house. She was wearing a wide-brimmed straw hat that was covering part of her face. But from the little that was revealed, you could tell she was beautiful. It was a face Granny had never seen in the neighborhood before.

She had said she was a little lady. But the woman was tall like a young coconut tree, and wearing a long dress covering her toes. The bottom of the dress was wet and dirty from the rain and red mud outside.

Granny put a chair by the door and the woman sat down and didn't say another word.

The baby kept on crying and Granny kept on singing, never taking her eyes off the stranger.

"Oh no no no, don't cry no more
 Everything's gonna be the same as before
 Don't cry no more, sleep my little one
 Don't cry no more."

The baby wouldn't stop crying.

Then the woman said, "Let me hold the baby for you awhile."

Granny said, "No, thanks. It's all right."

"Let me hold the baby for you. I'm very good with children," the stranger asked a second time.

Granny said, "No, thanks."

And right away Granny started to take precautions. She picked up the baby and held him close to her bosom. Granny suspected it was La Diablesse because she was said to have a habit of always asking the same question three times. So Granny just sat there with the baby in her arms, looking at the lady.

The weather outside was not easing up. The light in the room was like a small sunset with shadows.

All of a sudden the woman just stood up. She seemed taller than before. And for the third time she said, "Let me hold the baby for you. I'm very good with children."

"No, thank you. The baby is all right in my arms," said Granny.

The woman looked at the baby, smiled at Granny, turned, and walked out the door into the rain.

By the time Granny rushed to look out the window to see where she was going, the woman had disappeared.

But the next morning, because of all the red mud from outside, on the floor of Granny's house there were footprints where she had sat and where she had walked on the veranda. One human foot, one hoof, one human foot, one hoof.

Yes, it was La Diablesse who had come to visit that night, and if Granny had given her the baby to hold, she would have disappeared like lightning, and I would not be here to tell this tale, because that little baby was me.

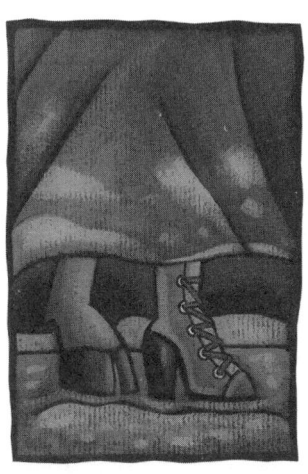

Freedom Child of the Sea

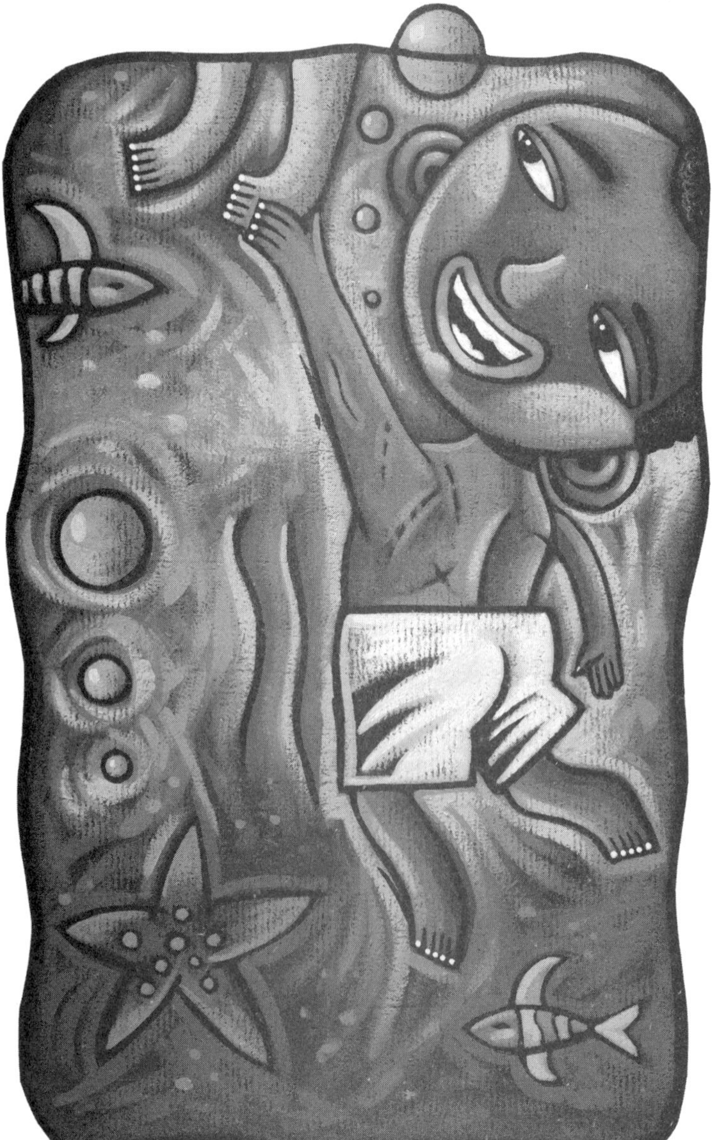

One day, not long ago, I went down to the beach to take a swim. It was a cloudy day and I knew it was going to rain. The beach seemed almost deserted. Only people like me, who love the rain, were there.

I was swimming and the rain started to come down. The drops were cold, so I dived under the warm sea water to shelter from them and listen to them beat on the surface. It was a nice, quiet sound. Under the water I saw something swimming very fast in the distance. I started to panic, thinking, "Shark!" and I opened my mouth in fright and swallowed enough water to fill a jug. I choked and gasped and struggled for air.

Then all of a sudden I felt something wrap around my ankles and push me to the surface. When I got above the water and caught my breath, I looked around for a fin. But to my surprise I saw a little boy, with the most beautiful angelic face you have ever seen. His skin was smooth as silk, and when he smiled his teeth were as white as seashells. He swam in a circle around me and kicked his feet and burst out of the water, just like a dolphin.

And when I saw him there, I noticed that from the neck down he was covered with welts and scars. It looked so painful, yet he was smiling with his beautiful, smooth face.

Suddenly he just shot up into the air and dived into the water, and did not come up again. I swam back to the beach and lay on the sand and thought about what had just happened. The rain had stopped and the sky was sunny and blue.

An old man was walking down the beach towards me with a coconut frond in his hand.

When he reached me, he asked if I was all right, and I told him what had just happened. He smiled, laid the branch on the sand, and sat next to me, saying,

"Ah, you are a lucky man, you were saved by the

Freedom Child of the Sea. He bears all the pain and bondage of the human race."

For a moment we were both silent. Then I asked him, "How come he lives in the sea?"

Gazing straight ahead, the old man began, "One of my ancestors was brought to this island on a ship. My grandmother told me this story:

'Once upon a time, a very long time ago, there was a place in Africa that was beautiful, rich, and powerful, with kings and queens, princes and princesses. The people lived happily and with pride.

'Then one day, on the calm blue sea, came some strangers.

'A different kind of people, they came in big ships from a land far, far away. The people of the beautiful land believed that the strangers came with good intentions, so they opened their hearts to them. But the strangers came not to give, nor to share. They had come to take. And what they wanted were the humans.

'The strangers bribed some of the local people on the shore, with promises of goods and money, to go

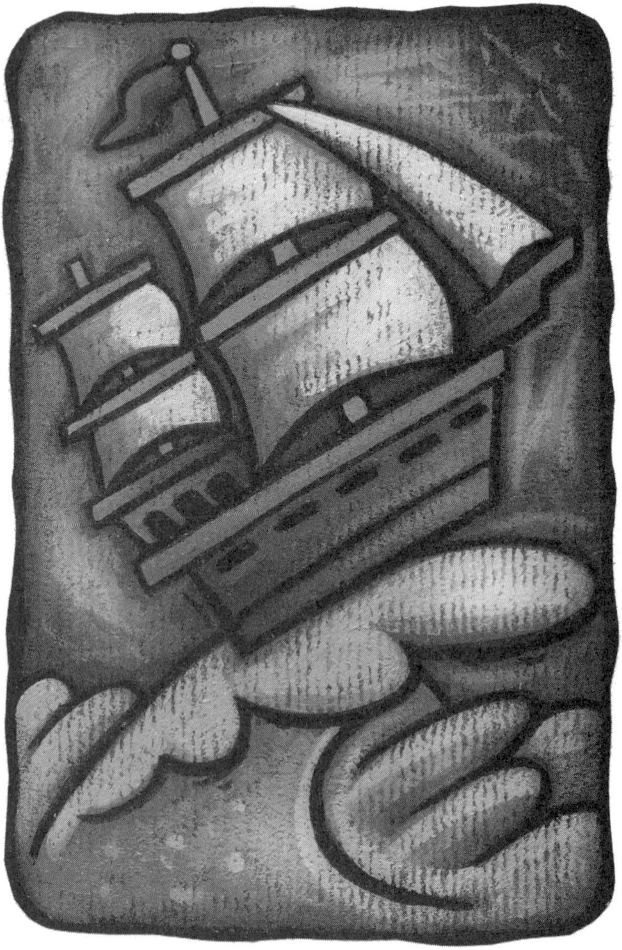

out and capture healthy young women and men and hold them for sale to the merchants who had come with the ships.

'And so mothers were separated from their sons, fathers from daughters, brothers from sisters. The wind that first day blew with a roar that had never been heard before in the beautiful land. It carried the sounds of fear, pain, tears, and broken hearts out to sea.

'The captured people were told they were going to a new world. They were herded on and crammed into the bellies of these big ships, the men shackled, with chains on their ankles, wrists, and necks. They had become slaves, and they were leaving their home.

'It was a very long journey to this new world, and the strangers crowded as many people onto these ships as they could. So there were people everywhere. They were beaten. They couldn't breathe in the stale air, with the decks hot and filthy, and it was very dark in the bellies of these ships. Many slaves died and were thrown off the side of the ships, without even a prayer said for them.

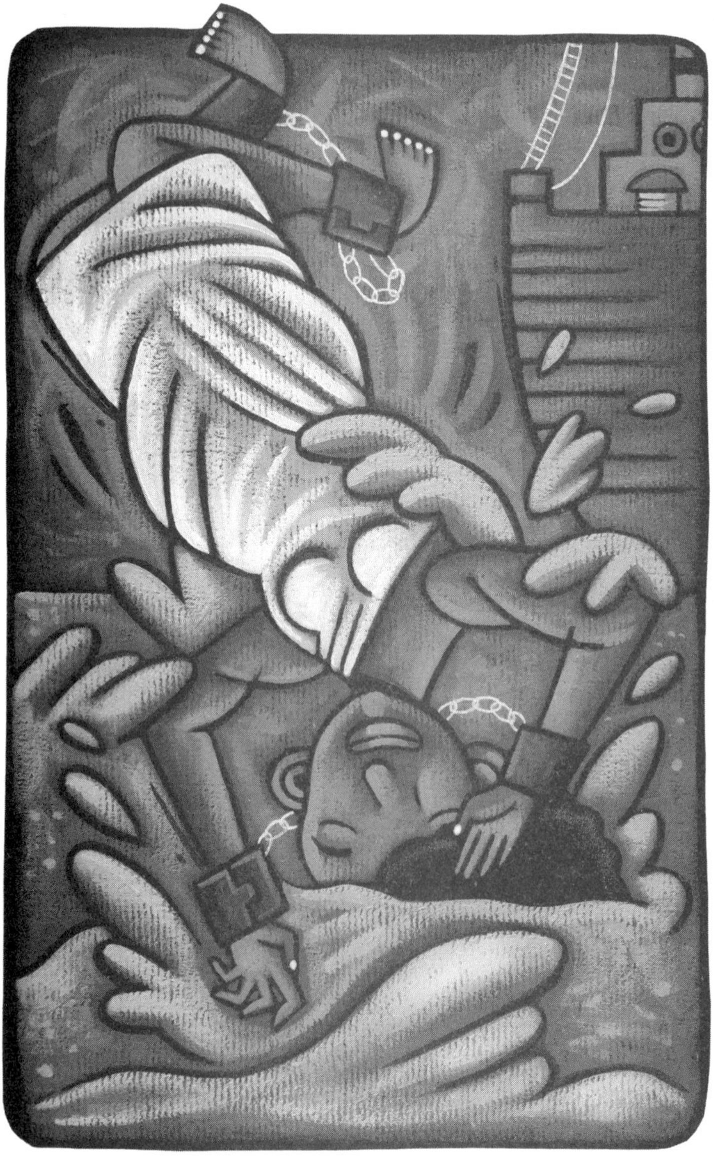

'Now, on one of these ships there was a woman. She was tucked away in a dark corner of the deck. Separated from her husband in Africa, she did not know which ship he was on or if she would ever see him again. This woman was going to have their first child. As the weeks went on, she grew weaker and weaker, because the food was poor and the conditions unbearable. One day one of the young slaves overheard the sailors saying that she would not survive. When he heard that, he passed the news along to the others, and they plotted to hide her, but they could not move and there was nowhere she could go.

'Two days later the sailors came below. The slaves shouted that she was alive and that they would share their food and water with her, but their cries were in vain. The sailors took her up on deck and threw her over the side of the ship.

'Miraculously, as her body hit the water, the silky wetness caressed her skin. It was the softest touch she had felt since being taken from her home. And as her body slowly sank, with her last loving breath she gave birth to a baby boy, and together they gently floated to the bottom of the ocean.

'We call that boy Freedom Child of the Sea. They say he lives there with his mother and that his body is covered with welts and scars for all the pain his people suffered. He would carry these scars on his body as long as there is oppression and cruelty in the world. On the day his body is as beautiful as his face, from head to toe, you would know there is true freedom, compassion, and harmony among all the people. Then he will be able to walk out of the sea with his mother and live on the land like you and me. But until that day comes, they will live forever in the sea.' So when you are swimming and you feel the silky water lapping at your body, just remember it is Freedom Child, gently playing with you."

The old man had finished, and calmly looked out at the water.

"You said 'they will live forever in the sea'—is there no hope?" I asked.

"I believe there is hope for all of us." And with that he continued on his way. For my part, I got up and ran home to tell this story to my family.

Richardo Keens-Douglas is an award-winning actor, playwright, author, and storyteller. His works for children have appeared on the *American Bookseller*'s "Pick of the Lists" and earned a *Storytelling World* Honor Award. He presently divides his time between Toronto and Grenada, where he is the host of the Caribbean *Who Wants to Be a Millionaire*.

Thank you to all the people who have passed through my life to make me what I am today. And to those who did things in the world to make life a little easier for us who are living it today.
—R.K-D.

A Furst Readin Book in Ulster Scots

bae

Harriette Taylor Treadwell

an

Margaret Free

illustratet bae

Frederick Richardson

turnt intae Ulster Scots bae

Anne Morrison-Smyth

evertype

2011

Publisht bae Evertype, Cnoc Sceichín, Leac an Anfa, Cathair na Mart, Co. Mhaigh Eo, Éire / Ireland. *www.evertype.com*.

Original title: *The Primer, adapted and graded*. Chicago an New York: Row, Peterson & Company, 1910

This translation © 2011 Anne Morrison-Smyth.
This edition © 2011 Michael Everson.

Anne Morrison-Smyth haes assertet hir richt unner the Copyright, Designs and Patents Act, 1988, tae bae identified is the translator o this work.

Aal richts raeserved. Nae pairt o this publication is aloowed tae bae raeproduced, stored in a retrieval system ir transmittet, in onie form ir bae onie means, electronic, maechanical, phota-copyin, raecordin ir itherwyes wioot axin the permission o the publisher furst.

Yae can get a catalogue recort fur this book frae the British Library.

ISBN-10 1-904808-68-9
ISBN-13 978-1-904808-68-8

Set in Warnock Pro an **Saturday Evening Toast** bae Michael Everson.

Illustrations: Frederick Richardson, 1910.

Cover: Eddie Foirbeis Climo.

This publication wus made possible in pairt bae support frae The Ullans Speakers Association.

This publication wus made possible in pairt bae support frae The Boord o Ulstèr-Scotch.

Printed bae LightningSource.

Teble o Contents

The Wee Rid Hen 1

The Gingerbried Weefla 11

The Oul Wumman an the Pig 25

The Weefla an the Goat 39

The Pancake 51

Chicken Little 65

The Three Billy Goats Gruff 77

Wee Tuppens 89

Wee Spider's Furst Web 103

•

The Alphabet 113

The Alphabet Sang 114

Wurd List 115

*Tae wee weeyins
larnin tae read.*

—H.T.T. & M.F.

The Wee Rid Hen

The wee rid hen fun a seed.

It wus a toty seed.

The wee rid hen fun a seed.

It wus a wheat seed.

The wee rid hen fun a seed.

It wus a wheat seed.

The wee rid hen sed,

"Wha'll plant the seed?"

The wee rid hen sed,

"Wha'll plant the seed?"

The pig sed, "Naw mae."

The cat sed, "Naw mae."

The doag sed, "Naw mae."

The wee rid hen sed, "A'll dae it."

The wee rid hen sed,

  "Wha'll cut the wheat?"

The pig sed, "Naw mae."

The cat sed, "Naw mae."

The doag sed, "Naw mae."

The wee rid hen sed,

  "A'll dae it."

An shae daen it.

The wee rid hen sed,

   "Wha'll thresh the wheat?"

The pig sed, "Naw mae."

The cat sed, "Naw mae."

The doag sed, "Naw mae."

The wee rid hen sed,

   "A'll dae it."

An shae daen it.

The wee rid hen sed,

  "Wha'll grind the wheat?"

The pig sed, "Naw mae."

The cat sed, "Naw mae."

The doag sed, "Naw mae."

The wee rid hen sed,

  "A'll dae it."

An shae daen it.

The wee rid hen sed,

  "Wha'll mak the bried?"

The pig sed, "Naw mae."

The cat sed, "Naw mae."

The doag sed, "Naw mae."

The wee rid hen sed,

  "A'll dae it."

An shae daen it.

The wee rid hen sed,

"Wha'll ait the bried?"

The pig sed, "A'll dae it."

The cat sed, "A'll dae it."

The doag sed, "A'll dae it."

The wee rid hen sed,

"Heth yae'll naw ait the bried.

A'll ait it."

An shae et it.

The wee rid hen fun a seed.

It wus a wheat seed.

Shae sed,

"Wha'll plant the wheat?

Wha'll cut the wheat?

Wha'll thresh the wheat?

Wha'll grind the wheat?

Wha'll mak the bried?"

The pig sed, "Naw mae."

The cat sed, "Naw mae."

The doag sed, "Naw mae."

The wee rid hen sed,

"Then nane o yaes'll bae aitin the bried."

The Gingerbried Weefla

Thur wus a wee oul wumman.

Thur wus a wee oul man.

The wee oul wumman had a cat.

The wee oul man had a pig.

The wee oul wumman wantet a weefla.

The wee oul man wantet a weefla.

The wee oul wumman sed,

"A'll mak iz a gingerbried weefla."

Sae shae made a gingerbried weefla.

The gingerbried weefla run awa.

Hae run awa

   frae the wee oul wumman.

Hae run awa

   frae the wee oul man.

Hae run, an hae run, an hae run.

The gingerbried weefla met a cat.

Hae sed,

"A'm a gingerbried weefla,

A am, A am, A am.

A run awa

frae the wee oul wumman.

A run awa

   frae the wee oul man.

  An A can rin awa frae yae,

  A can, A can, A can."

An hae run, an hae run, an hae run.

The gingerbried weefla met a pig.

Hae sed,

"A'm a gingerbried weefla,

A am, A am, A am.

A run awa

frae the wee oul wumman.

A run awa

frae the wee oul man.

A run awa frae the cat.

An A can rin awa frae yae,

A can, A can, A can."

An hae run, an hae run, an hae run.

The gingerbried weefla met a doag.

Hae sed,

   "A'm a gingerbried weefla,

   A am, A am, A am.

   A run awa

      frae the wee oul wumman.

A run awa

    frae the wee oul man.

A run awa frae the cat.

A run awa frae the pig.

A can rin awa frae yae,

A can, A can, A can."

An hae run, an hae run, an hae run.

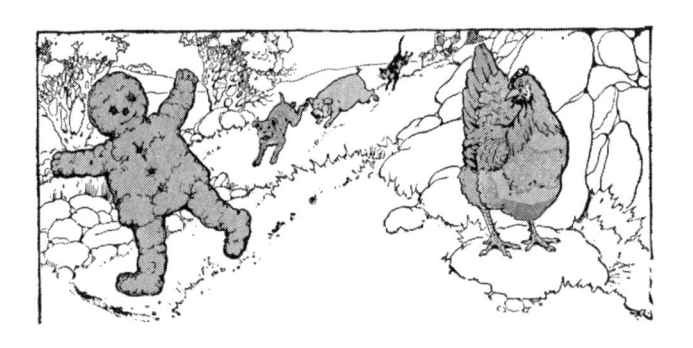

The gingerbried weefla met a banty.

Hae sed,

"A am a gingerbried weefla,

A am, A am, A am.

A run awa

  frae the wee oul wumman.

A run awa

  frae the wee oul man.

A run awa frae the cat.

A run awa frae the pig.

A run awa frae the doag.

A can run awa frae yae,

A can, A can, A can."

An hae run, an hae run, an hae run.

The gingerbried weefla met a fox.

Hae sed,

   "A am a gingerbried weefla,

   A am, A am, A am.

   A run awa frae the banty.

   A run awa frae the doag.

   A run awa frae the pig.

   A run awa frae the cat.

A run awa

frae the wee oul wumman.

A run awa

frae the wee oul man.

A can run awa frae yae,

A can, A can, A can."

An hae run, an hae run, an hae run.

The fox sed,

"Yae can rin awa

frae the wee oul wumman.

Yae can rin awa

frae the wee oul man.

Yae can rin awa frae the pig.

Yae can rin awa frae the doag.

Yae can rin awa frae the cat.

Yae can rin awa frae the banty.

But yae cannae run awa

   frae the fox.

A'm <u>gantae</u> ait yae."

An that's what hae daen.

Thur wus a wee oul wumman.

Thur wus a wee oul man.

The wee oul wumman wantet a weefla.

The wee oul man wantet a weefla.

Sae shae made a gingerbried weefla.

The gingerbried weefla run awa.

Hae run awa
   frae the wee oul wumman.

Hae run awa
   frae the wee oul man.

Hae run awa frae the pig.

Hae run awa frae the cat.

Hae run awa frae the doag.

Hae run awa frae the banty.

Hae didnae rin awa frae the fox.

The Oul Wumman an the Pig

An oul wumman fun a saxpence.

Shae wantet a pig.

Shae sed,

   "A can get a pig.

    A can get a pig wi the saxpence."

An shae did.

The pig come tae a stile.

The oul wumman sed,

   "Pig, pig, get ower the stile."

The pig sed,

   "'A'll naw get ower the stile."

An hae ran awa.

Hae run awa

   frae the oul wumman.

The oul wumman met a doag.

Shae sed,

"Doag, doag, bite the pig.

The pig'll naw get ower the stile,

an A cannae get hame the nicht."

The doag sed,

"A'll naw bae bitin the pig."

The oul wumman met a stick.

Shae sed,

"Stick, stick, bate the doag.

The doag'll naw bite the pig.

The pig'll naw get ower the stile,

an A cannae get hame the nicht."

The stick sed,

"A'll naw bae batin the doag."

The oul wumman met a fire.

Shae sed,

  "Fire, fire, burn the stick.

    The stick'll naw bate the doag.

    The doag'll naw bite the pig.

    The pig'll naw get ower the stile,

    an A cannae get hame the nicht."

The fire sed,

  "A'll naw bae burnin the stick."

The oul wumman met some watter. Shae sed,

  "Watter, watter, put oot the fire.

    The fire'll naw burn the stick.

    The stick'll naw bate the doag.

    The doag'll naw bite the pig.

    The pig'll naw get ower the stile,

    an A cannae get hame the nicht."

The watter sed,

  "A'll naw be puttin oot the fire."

The oul wumman met an ox.

Shae sed,

  "Ox, ox, drenk the watter.

    The watter'll naw put oot the fire.

    The fire'll naw burn the stick.

    The stick'll naw bate the doag.

    The doag'll naw bite the pig.

The pig'll naw get ower the stile,

an A cannae get hame the nicht."

The ox sed,

"A'll naw bae drinkin the watter."

The oul wumman met a butcher.

Shae sed,

"Butcher, butcher, kill the ox.

The ox'll naw drenk the watter.

The watter'll naw put oot the fire.

The fire'll naw burn the stick.

The stick'll naw bate the doag.

The doag'll naw bite the pig.

The pig'll naw get ower the stile,

an A cannae get hame the nicht."

The butcher sed,

"A'll naw bae killin the ox."

The oul wumman met a rope.

Shae sed,

  "Rope, rope, heng the butcher.

    The butcher'll naw kill the ox.

    The ox'll naw drenk the watter.

    The watter'll naw put oot the fire.

    The fire'll naw burn the stick.

    The stick'll naw bate the doag.

    The doag'll naw bite the pig.

    The pig'll naw get ower the stile.

    an A cannae get hame the nicht.

The rope sed.

  "A'll naw be hengin the butcher."

The oul wumman met a rat.

Shae sed,

"Rat, rat, gnaw the rope.

The rope'll naw heng the butcher.

The butcher'll naw kill the ox.

The ox'll naw drenk the watter.

The watter'll naw put oot the fire.

The fire'll naw burn the stick.

The stick'll naw bate the doag.

The doag'll naw bite the pig.

The pig'll naw get ower the stile,

an A cannae get hame the nicht."

The rat sed,

"Get mae a lock o cheese.

An A'll gnaw the rope."

The oul wumman got some cheese.

Shae gien it tae the rat.

The rat stairtet tae gnaw the rope.

The rope stairtet tae heng the butcher.

The butcher stairtet tae kill the ox.

The ox stairtet tae drenk the watter.

The watter stairtet tae put oot the fire.

The fire stairtet tae burn the stick.

The stick stairtet tae bate the doag.

The doag stairtet tae bite the pig.

The pig got ower the stile,

an the oul wumman

got hame that nicht.

The Weefla an the Goat

A weefla had a goat.

The goat rin awa.

Hae run intae the wudds.

Hae fun some grass.

Hae wantet tae ait the grass.

The weefla wantet tae go hame.

The goat wudnae go hame.

The weefla sed,

"A cannae go hame.

Mae goat run intae the wudds.

Hae'll naw go hame."

Then the weefla stairtet tae greet.

A rabbit come up tae him.

Hae sed,

"What ir yae greetin aboot, weefla?"

The weefla sed,

"A'm greetin baecaas mae goat ran awa.

Hae run intae the wudds.

Hae'll naw go hame."

The rabbit sed,

"Dinnae greet, weefla.

A can mak the goat go hame."

The rabbit run intae the wudds.

Hae run efter the goat.

The goat wudnae go hame.

Then the rabbit stairtet tae greet.

A squirrel come up tae him.

Hae sed,

"What ir yae greetin aboot, wee rabbit?"

The rabbit sed,

"A'm greetin baecaas the weefla's greetin. The weefla's greetin baecaas the goat'll naw go hame."

The squirrel sed,

"Dinnae greet, weefla.

A can mak the goat go hame."

The squirrel run intae the wudds.

Hae run efter the goat.

The goat wudnae go hame.

Then the squirrel stairtet tae greet.

A fox come up tae them.

Hae sed,

"What ir yae greetin aboot, wee squirrel?"

The squirrel sed, "A'm greetin baecaas the rabbit's greetin. The rabbit's greetin baecaas the weefla's greetin. The weefla's greetin baecaas the goat'll naw go hame."

The fox sed,

"Dinnae greet, weefla.

A can mak the goat go hame."

The fox run intae the wudds.

Hae run efter the goat.

The goat wudnae go hame.

Then the fox stairtet tae greet.

A wee bee flew bae.

It sed,

"Why ir yae greetin, wee fox?"

The fox sed,

"A'm greetin baecaas the squirrel's greetin.

The squirrel's greetin

baecaas the rabbit's greetin.

The rabbit's greetin

baecaas the weefla's greetin.

The weefla's greetin

    baecaas the goat'll naw go

    hame."

The wee bee sed,

  "Dinnae greet, weefla.

    A can mak the goat go hame."

The fox laucht an sed,

  "A cannae mak the goat go hame.

    Dae yae think a wee bee'll mak it

      go hame?"

Then the fox laucht an laucht.

The wee bee flew intae the wudds.

It sed, "Buzz, buzz."

The goat sed,

   "A bee'll sting. A'm fur rinnin."

The goat run hame.

Then the weefla laucht.

Hae sed, "Thank yae, wee bee."

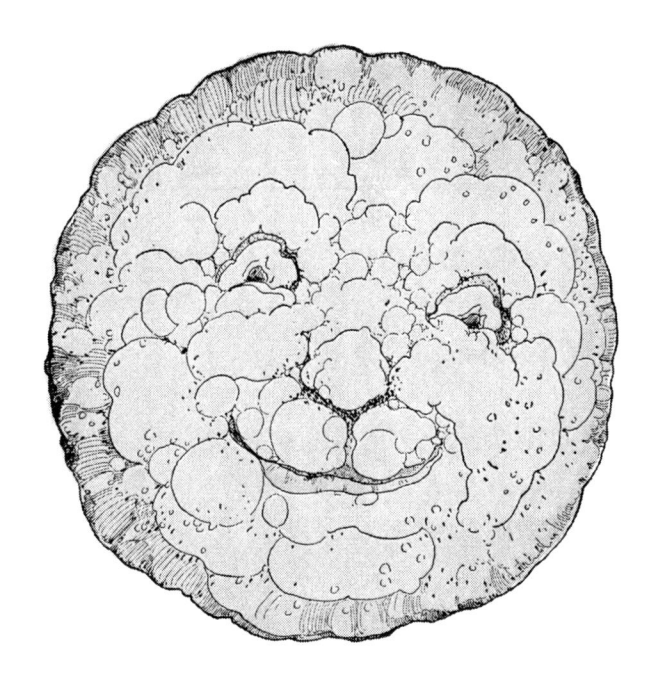

The Pancake

An oul wumman had seiven weeyins.

Shae made a big pancake.

The weeyins sed,

"Wae want that big pancake."

The pancake heerd the weeyins. It sed,

"The weeyins wull naw bae aitin mae."

An it trunnelt awa.

The oul wumman run efter the pancake.

The seiven weeyins run efter it.

The oul wumman sed,

"Stap, pancake.

Mae weeyins want tae ait yae."

The pancake sed,

"A cannae stap fur yae."

An it trunnelt awa.

An oul boadie seen the pancake.

Hae sed,

"Guid day, pancake."

"Guid day, oul boadie," sed the pancake.

"Stap," sed the oul boadie.

"Dinnae go sae fast.

A want tae ait yae."

The pancake sed, "A didnae stap fur the oul wumman.

A didnae stap fur the seiven weeyins.

A cannae stap fur yae."

An it trunnelt awa.

It trunnelt, an trunnelt, an trunnelt.

A hen seen the pancake.

Shae sed,

"Guid day, pancake."

"Guid day, hen," sed the pancake.

"Stap, pancake," sed the hen.

"Dinnae go sae fast.

A want tae ait yae."

The pancake sed,

"A didnae stap fur the oul wumman.

A didnae stap fur the seiven weeyins.

A didnae stap fur the oul boadie.

A cannae stap fur yae."

An it trunnelt awa.

It trunnelt, an trunnelt, an trunnelt.

A rooster seen the pancake.

Hae sed,

"Guid day tae yae, pancake."

"Guid day, rooster,"

sed the pancake.

"Stap," sed the rooster.

"Dinnae go sae fast.

A want tae ait yae."

The pancake sed,

"A didnae stap fur the oul wumman.

A didnae stap fur the seiven weeyins.

A didnae stap fur the oul boadie.

A didnae stap fur the hen.

A cannae stap fur yae."

An it trunnelt awa.

It trunnelt, an trunnelt, an trunnelt.

A weefla seen the pancake.

"Stap, stap," sed the weefla.

"Yae ir a big pancake.

A want tae ait yae."

The pancake sed,

"A didnae stap fur the oul wumman.

A didnae stap fur the seiven weeyins.

A didnae stap fur the oul boadie.

A didnae stap fur the hen.

A didnae stap fur the rooster.

A cannae stap fur yae."

An it trunnelt awa.

It trunnelt, an trunnelt, an trunnelt.

A doag seen the pancake.

"Stap, stap," sed the doag.

"Yae ir a big pancake.

A want tae ait yae."

The pancake sed,

"A didnae stap fur the oul wumman.

A didnae stap fur the seiven weeyins.

A didnae stap fur the oul boadie.

A didnae stap fur the rooster.

A didnae stap fur the hen.

A didnae stap fur the weefla.

A cannae stap fur yae."

An it trunnelt awa.

It trunnelt, an trunnelt, an trunnelt.

The pancake come tae the wudds.

A pig seen the pancake.

"Guid day tae yae," sed the pig.

"Guid day," sed the pancake.

"Dinnae go sae fast," sed the pig.

"A'll go intae the wudds wi yae."

The pancake sed, "A thank yae.

    A wull go wi yae."

So they went intae the wudds.

They come tae a burn.

The pig sed,

    "A can sweem ower the burn."

"A cannae sweem," sed the pancake.

    "A cannae go intae the watter."

The pig sed,

  "Get on mae neb,

    an A wull sweem ower wi yae."

The pancake got on the pig's neb.

The pig sed, "Huch, huch!

  Yae ir a guid pancake."

An hae et it aal up.

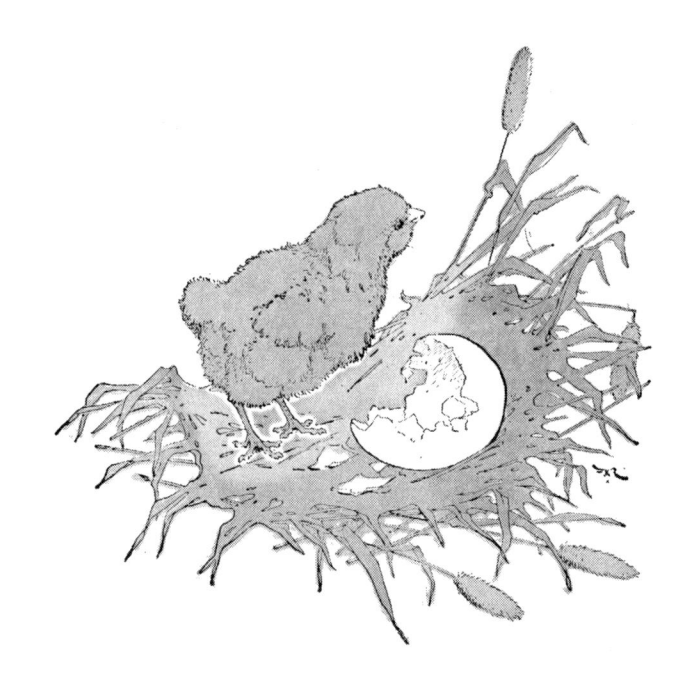

Chicken Little

Chicken Little wus in the wudds.

A seed fell on haes tail.

Chicken Little sed,

   "The sky baes faalin.

   A wull rin."

Chicken Little met Henny Penny.

Hae sed,

"The sky baes faalin, Henny Penny."

Henny Penny sed,

"Hoo dae yae know, Chicken Little?"

Chicken Little sed,

"Some o it fell on mae tail."

"Wae wull rin," sed Henny Penny.

"Wae wull rin an tell the king."

They met Turkey Lurkey.

Henny Penny sed,

"The sky baes faalin, Turkey Lurkey."

"Hoo dae yae know, Henny Penny?"

"Chicken Little toul mae."

"Hoo dae yae know, Chicken Little?"

"A seen it wi mae een.

    A heerd it wi mae lugs.

    Some o it fell on mae tail."

Turkey Lurkey sed,

  "Wae wull rin.

    Wae wull rin an tell the king."

They met Ducky Lucky.

Turkey Lurkey sed,

  "The sky baes faalin, Ducky Lucky."

"Hoo dae yae know,

  Turkey Lurkey?"

"Henny Penny toul mae."

"Hoo dae yae know, Henny Penny?"

Chicken Little toul mae."

"Hoo dae yae know, Chicken Little?"

"A seen it wi mae een.

  A heerd it wi mae lugs.

  Some o it fell on mae tail."

Ducky Lucky sed,

"Wae wull rin.

Wae wull rin an tell the king."

They met Goosey Loosey.

Ducky Lucky sed,

"The sky baes faalin, Goosey

Loosey."

"Hoo dae yae know. Ducky Lucky?"

"Turkey Lurkey toul mae."

"Hoo dae yae know,

    Turkey Lurkey?"

"Henny Penny toul mae."

"Hoo dae yae know, Henny Penny?"

"Chicken Little toul mae."

"Hoo dae yae know. Chicken Little?"

"A seen it wi mae een.

    A heerd it wi mae lugs.

    Some o it fell on mae tail."

Goosey Loosey sed,

  "Wae wull rin.

    Wae wull rin an tell the king."

They met Foxy Loxy.

Goosey Loosey sed,

"The sky baes faalin, Foxy Loxy."

"Hoo dae yae know, Goosey Loosey?"

"Ducky Lucky toul mae."

"Hoo dae yae know, Ducky Lucky?"

"Turkey Lurkey toul mae."

"Hoo dae yae know,

   Turkey Lurkey?"

"Henny Penny toul mae."

"Hoo dae yae know, Henny Penny?"

"Chicken Little toul mae."

"Hoo dae yae know. Chicken Little?"

"A seen it wi mae een.

   A heerd it wi mae lugs.

     Some o it fell on mae tail."

Foxy Loxy sed,

  "Wae wull rin.

    Wae wull rin intae mae den,

    An A wull tell the king."

They run intae Foxy Loxy's den.

But they didnae come oot agane.

Chicken Little wus in the wudds.

A seed fell on haes tail.

Hae met Henny Penny an sed,

  "The sky baes faalin.

    A seen it wi mae een.

    A heerd it wi mae lugs.

    Some o it fell on mae tail."

Hae met Turkey Lurkey, Ducky

    Lucky, an Goosey Loosey.

They run tae tell the king.

They met Foxy Loxy.

They run intae haes den,

An they didnae come oot agane.

Three Billy Goats Gruff

Yinst thur wur three billy goats.

Thur wus Wee Billy Goat Gruff.

Thur wus Big Billy Goat Gruff.

An thur wus

    Wile Big Billy Goat Gruff.

The goats' hame wus bae a brig.

Ower the brig wus a braeside.

Thur wus grass on the braeside.

The billy goats wantet the grass.

They wantet tae ait it.

They wantet tae get fat.

Little Billy Goat Gruff sed,

"A wull go ower the brig."

Wile Big Billy Goat sed,

   "A big troll baes unner the brig.

     Trolls ait billy goats."

Wee Billy Goat Gruff sed,

   "The troll wull naw ait mae.

     Trolls dinnae ait wee billy goats."

Wee Billy Goat Gruff went

   on the brig.

The brig sed, "Trip-trip."

The troll sed,

  "Wha trips ower mae brig?"

"Wee Billy Goat Gruff trips

   ower the brig."

"Why dae yae trip ower mae brig?"

"A want tae ait the grass
   on the braeside."

"Yae wull naw trip ower mae brig.
   A wull ait yae."

"Dinnae ait mae.
   Big Billy Goat Gruff wull come.
   Yae can ait him."

"Go on, then," sed the troll.

"Trip-trip, trip-trip, trip-trip."

An wee Billy Goat Gruff went
   tae the braeside.

Big Billy Goat Gruff sed,

  "The troll didnae ait wee Billy.

  A wull go ower the brig."

Big Billy Goat Gruff went

  on the brig.

"Trip-trip, trip-trip," sed the brig.

The troll sed,

  "Wha trips ower mae brig?"

"Big Billy Goat Gruff trips
 ower the brig."

"Why dae yae trip ower mae brig?"

"A want tae ait the grass
 on the braeside."

"Yae wull naw ait the grass.
 A wull ait yae."

"Dinnae ait mae.
 Wile Big Billy Goat Gruff is big.
 Hae wull come ower the brig.
 Yae can ait him."

"Go on, then," sed the troll.

"Trip-trip, trip-trip, trip-trip."

An Big Billy Goat Gruff went tae the braeside.

Wile Big Billy Goat Gruff sed, "A wull go ower the brig. A can mak the troll rin."

Wile Big Billy Goat Gruff went on the brig.

The brig sed,

"Trip-trip, trip-trip, trip-trip."

The troll sed,

"Wha trips ower mae brig?"

"Wile Big Billy Goat Gruff trips
ower the brig."

"Why dae yae trip ower mae brig?"

"A want tae ait the grass
on the braeside."

"Yae wull naw trip ower mae brig.
A wull ait yae."

Wile Big Billy Goat Gruff sed,

"Come frae unner the brig.

A want tae see yae.

A want yae tae see mae.

A want yae tae see mae big hoarns."

The troll come frae

unner the brig.

Hae seen Wile Big Billy Goat Gruff.

Hae seen haes big hoarns.

Wile Big Billy Goat Gruff rin

    at the troll wi haes hoarns.

The troll fell into the watter.

Then Wile Big Billy Goat Gruff

    went tae the braeside.

The billy goats et the grass.

An they got fat.

Wee Tuppens

A hen went intae the plantin.

A wee chicken went in wi hir.

The chicken wus wee Tuppens.

Wee Tuppens fun a wheen o seeds.

The oul hen sed,

  "Dinnae bae aitin the seeds."

Wee Tuppens wantet

  the big seeds.

So hae et them.

The hen seen wee Tuppens chokin.

Shae run tae the burn.

Shae sed,

  "Please gie mae a drap o watter.

    Wee Tuppens is chokin."

The spring sed,

  "Get mae a cup.

    Then A can gie yae

    a drap o watter."

The oul hen run tae the oak tree.

Shae sed,

"Please gie mae a cup.

A want tae get a drap o watter.

Wee Tuppens is chokin."

The oak tree sed,

"Shake mae.

Then A can gie yae a cup."

The oul hen run tae the weefla.

Shae sed,

"Please shake the oak tree.

A want a cup.

Then A can get a drap o watter.

Wee Tuppens is chokin."

The weefla sed,

"Get mae a pair o shoes.

Then A can shake the oak tree."

The oul hen run tae the shoemaaker.

Shae sed,

"Please mak a pair o shoes.

A want them fur the weefla.

Then hae'll shake the oak tree,

the oak tree wull gie mae a cup,

an the spring wull gie mae a drap

o watter.

A want it fur wee Tuppens.

Hae's chokin."

The shoemaaker sed,

"Get mae a bit o leather.

Then A can mak a pair o shoes."

The oul hen run tae the coo.

Shae sed,

"Please gie mae a bit o leather.

A want it fur the shoemaaker.

Then hae'll mak a pair o shoes,

the weefla wull shake

the oak tree,

the oak tree wull gie mae a cup,

an the spring'll gie mae a drap o watter.

A want it fur wee Tuppens.

Hae's chokin."

The coo sed,

"Get mae some coarn.

Then A can gie yae some leather."

The oul hen run tae the fairmer.

Shae sed,
  "Please gie mae some coarn.
    A want it fur the coo.
    The coo wull gie mae some
       leather,
    the shoemaaker wull mak mae a
       pair o shoes,
    the weefla wull shake the oak tree,
    the oak tree wull gie mae a cup,
    an the spring'll gie mae a drap o
       watter.
    A want it fur wee Tuppens.
    Hae's chokin.
The fairmer sed,
  "Get mae a plough.
    Then A can gie yae some coarn.

The oul hen run tae the blaksmith.

Shae sed,

"Please mak mae a plough.

A want it fur the fairmer.

Then hae'll gie mae some coarn,

the coo wull gie mae a bit o

leather,

the shoemaaker wull mak a pair o

shoes,

the weefla wull shake the oak tree,

the oak tree wull gie mae a cup,

an the spring'll gie mae a drap o watter.

A want it fur wee Tuppens.

Hae's chokin." 0

The blaksmith sed,

"Get mae some iron.

Then A can mak a plough."

The oul hen run tae the dwarfs.

Shae sed,
  "Please gie mae some iron.
    A want it fur the blaksmith.
    Then hae wull mak a plough,
    the fairmer wull gie mae some coarn,
    the coo wull gie mae a bit o leather,
    the shoemaaker wull mak a pair o shoes,
    the weefla wull shake the oak tree,
    the oak tree wull gie mae a cup,
    an the spring'll gie mae a drap o watter.
    A want it fur wee Tuppens.
    Hae's chokin."

The dwarfs wantet tae help

   wee Tuppens.

They went intae the grun.

They got the rid iron.

They gien it tae the hen.

The hen gien it tae the blaksmith.

The blaksmith made a plough.

The fairmer gien some coarn.

The coo gien a bit o leather.

The shoemaaker made a pair o shoes.

The weefla shuk the oak tree.

The oak tree gien a cup.

The spring gien a drap o watter.

The hen gien the watter tae Wee Tuppens.

Then wee Tuppens et aal the seeds.

Wee Spider's Furst Web

A big spider seen a wee spider.

The wee spider wus spinnin a web.

It wus hir furst web.

The big spider got ontae haes web.

An hae stairtet tae sweng.

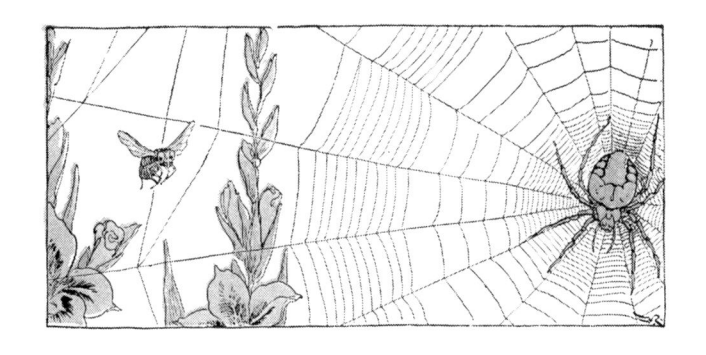

A fly seen the big spider on haes web.

Hae sed,

"Why ir yae swengin, big spider?"

"A'm swengin baecaas wee spider's spinnin hir furst web."

The fly sed,

"Then A'll buzz.

A'll buzz an buzz."

A bee heerd the fly buzzin.

Shae sed,

"Why ir yae buzzin, wee fly?"

"A'm buzzin baecaas wee spider's spinnin hir furst web."

The bee sed,

"Then A'll hum.

A'll hum an hum."

A cricket heerd the bee hummin.

Hae sed,

  "Why ir yae hummin, wee bee?"

  "A'm hummin baecaas wee

     spider's spinnin hir furst web."

The cricket sed,

  "Then A'll churp.

    A'll churp an churp."

An ant heerd the cricket churpin.

Shae sed,

"Why ir yae churpin, cricket?"

"A'm churpin baecaas wee spider

is spinning hir furst web."

The ant sed,

"Then A'll run back an forit.

A'll rin an rin."

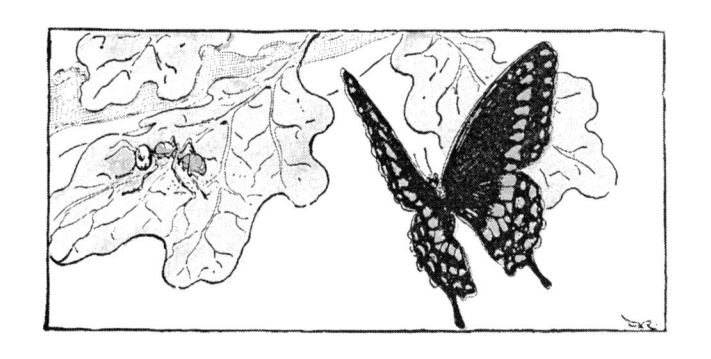

A butterfly seen the ant rinnin back an forit.

Shae sed,

"Why ir yae rinnin back an forit?"

"A'm rinnin baecaas wee spider's spinnin hir furst web."

The butterfly sed,

"Then A'll fly.

A'll fly an fly."

A burd saw the butterfly.

Shae sed,

"Why ir yae flyin, butterfly?"

"A'm flyin baecaas wee spider's spinnin hir furst web."

The burd sed,

"Then A'll seng.

A'll seng an seng.

A'll mak the weeyins happy."

The weeyins heerd the burd singin.

They seen the butterfly flyin.

They seen the ant rinnin back an forit.

They heerd the cricket churpin.

They heerd the bee hummin.

They heerd the fly buzzin.

They seen the big spider
  swengin on haes web.

They seen the wee spider
  spinnin hir furst web.

The weeyins wur gye happy.

The Alphabet

A	a	*a*	N	n	*en*
B	b	*bee*	O	o	*o*
C	c	*cee*	P	p	*pee*
D	d	*dee*	Q	q	*cue*
E	e	*e*	R	r	*ar*
F	f	*ef*	S	s	*ess*
G	g	*gee*	T	t	*tee*
H	h	*aitch, haitch*	U	u	*u*
I	i	*i*	V	v	*vee*
J	j	*jae*	W	w	*double-u*
K	k	*kae*	X	x	*ex*
L	l	*el*	Y	y	*wye*
M	m	*em*	Z	z	*zed*

The Alphabet Sang

A B C D E F G,

   H I J K L-M-N-O-P,

Q R S, T U V,

   W X, Y an Z.

Noo A know mae ABCs;

   nixt time won't yae seng wi mae?

Wurd List

A *pron.* I. **A'll** I'll. **A'm** I'm. **mae** me.
a *art.* a. (*before vowels*) **an** an.
aal *pron.* all.
aboot *prep.* about.
agane *adv.* again.
ait *v.* eat. *ger.* **aitin** eating. *past* **et** ate.
aitin → ait.
A'll → A.
am → be.
A'm → A.
an[1] *conj.* and.
an[2] *art.* → a.
ant *n.* ant.
at *prep.* at.
awa *adv.* away.
bae *prep.* by.
baecaas *conj.* because.
baes → be.
bak *adv.* back. **bak an forit** to and fro; back and forth.
banty *n.* hen.
bate *v.* beat. *ger.* **batin** beating.
be *v.* be. *present* **is** is, *pl.* **ir** are. *continuous* **baes** is. *preterite* **wus** was, *pl.* **wur** were.
bee *n.* bee.
big *adj.* big. **wile big** very big.
bit *n.* bit.
bite *v.* bite. *ger.* **bitin** biting.
blaksmith *n.* blacksmith.
boadie *n.* person, body.
braeside *n.* hillside.
bried *n.* bread.
brig *n.* bridge.
burd *n.* bird.
burn[1] *n.* brook, stream.
burn[2] *v.* burn. *ger.* **burnin** burning.
but *conj.* but.
butcher *n.* butcher.
butterfly *n.* butterfly.
buzz *v.* buzz. *ger.* **buzzin** buzzing.
can *v.* can, to be able. *neg.* **cannae** cannot.
cat *n.* cat.
cheese *n.* cheese.
chicken *n.* chicken.
choke *v.* choke. *ger.* **chokin** choking.
churp *v.* chirp. *ger.* **churpin** chirping.
coarn *n.* corn.
come *v.* come. *preterite* **come** came.
coo *n., pl.* **kye** cow.
cricket *n.* cricket.
cup *n.* cup.
cut *v.* cut.
dae *v.* do. *past* **did** did; **daen** did, done. *negative* **dinnae** does not; **didnae** did not.
day *n.* day.
den *n.* den.

did → **dae**.
doag *n.* dog.
drap *n.* drop.
drenk *v.* drink. *ger.* **drinkin** drinking.
dwarf *n., pl.* **dwarfs** dwarf.
ee *n., pl.* **een** eye.
efter *prep.* after.
et → **ait**.
faal *v.* fall. *ger.* **faalin** falling. *past* **fell** fell.
fairmer *n.* farmer.
fast *adj.* fast.
fat *adj.* fat.
fell → **faal**.
fire *n.* fire.
flew → **fly**.
fly *v.* fly. *ger.* **flyin** flying. *past* **flew** flew.
forit *adv.* forth. *See* **bak**.
fox *n.* fox.
frae *prep.* from.
fun → **find**.
fur *prep.* for.
furst *adv.* first.
gan → **go**.
get *v.* get. *past* **got** got.
gie *v.* give. *past* **gien** gave.
gingerbried *n.* gingerbread.
gnaw *v.* gnaw.
go *v.* go. *ger.* **gan** going. *past* **went** went.
goat *n., pl.* **goats** goat.
got → **get**.
grass *n.* grass.
greet *v.* cry, weep. *ger.* **greetin** crying, weeping.
grind *v.* grind.

gruff *adv.* gruff.
grun *n.* ground.
guid *adj.* good.
gye *adv.* very.
had → **hae**.
hae[1] *v.* have. **haes** has.
hae[2] *pron.* he. **hae's** he's. **him** him.
haes *adj.* his.
hame *n., adv.* home.
happy *adj.* happy.
heer *v.* hear. *past* **heerd** heard.
help *v.* help.
hen *n.* hen.
heng *v.* hang. *ger.* **hengin** hanging.
heth! *interj.* indeed!
him → **hae**.
hir → **shae**.
hoarn *n.* horn.
hoo *adv.* how.
huch! *interj.* oof!
hum *v.* hum. *ger.* **hummin** humming.
in *prep.* in.
intae *prep.* into.
ir → **be**.
iron *n.* iron.
is → **be**.
it *prep.* it.
iz → **wae**.
kill *v.* kill. *ger.* **killin** killing.
king *n.* king.
know *v.* know.
lauch *v.* laugh. *past* **laucht** laughed.
leather *n.* leather.
little *adj.* little. *See also* **wee**.

lock *n.* quantity.
lucky *adj.* lucky
lug *n., pl.* **lugs** ear.
made → **mak**.
mae *adj.* my.
mae → **A**.
mak *v.* make. *past* **made** made.
man *n.* man.
meet *v.* meet *past* **met** met.
nane *adj.* none.
naw *adv.* no, not.
neb *n.* snout.
nicht *n.* night. **the nicht** tonight.
nixt *adv.* new.
noo *adv.* now.
o *prep.* of.
oak *n.* oak.
on *prep.* on.
ontae *prep.* onto.
oot *prep.* out.
oul *adj.* old.
ower *prep.* over.
ox *n.* ox.
pair *n.* pair.
pancake *n.* pancake.
pig *n.* pig.
plant *v.* plant.
plantin *n.* garden.
please! *interj.* please!
plough *n.* plough.
put *v.* put. *ger.* **puttin** putting.
rabbit *n.* rabbit.
rat *n.* rat.
rid *adj.* red.
rin *v.* run. *ger.* **rinnin** running. *past* **run** ran.
rooster *n.* rooster, cock.

rope *n.* rope.
run → **rin**.
sae *adv.* so.
sang *n.* song.
saxpence *n.* sixpence.
sed *v. past* said.
see *v.* see. *past* **seen** saw.
seed *n.* seed.
seen → **see**.
seiven *num.* seven.
seng *v.* sing. *ger.* **singin** singing.
shae *pron.* she. **hir** her.
shake *v.* shake. *past* **shuk** shook.
shoemaaker *n.* shoemaker.
shoe *n., pl.* **shoes** shoe.
shuk → **shake**.
singin → **seng**.
sky *n.* sky.
so *adv.* so.
some *adj.* some.
spider *n.* spider.
spin *v.* spin. *ger.* **spinnin** spinning.
spring *n.* spring
squirrel *n.* squirrel.
stairt *v.* begin, start. *past* **stairtet** began, started.
stap *v.* stop.
stick *n.* stick.
stile *n.* stile.
sting *n.* sting.
sweem *v.* swim.
sweng *v.* swing. *ger.* **swengin** swinging.
tae *prep.* to.
tail *n.* tail.
tell *v.* tell. *past* **toul** told.

thank *v.* thank.
that *pron.* that.
the *art.* the.
them → **they**.
then *adv.* then.
they *pron.* they. **them** them.
think *v.* think.
three *num.* three.
thresh *v.* thresh.
thur *adv.* there.
time *n.* time.
toty *adj.* tiny.
toul → **tell**.
tree *n.* tree.
trip *v.* trip.
troll *n.* troll.
trunnel *v.* roll. *past* **trunnelt** rolled.
unner *prep.* under.
up *prep.* up.
wae *pron.* we. **iz** us.
want *v.* want. *past* **wantet** wanted.
watter *n.* water.
web *n.* web.

wee *adj.* little, small.
weefla *n.* boy.
weeyin *n., pl.* **weeyins** child.
went → **go**.
wha *pron.* who
what *pron.* what.
wheat *n.* wheat.
wheen *n.* a small number, a few.
why *adv.* why.
wi *prep.* with.
wile *adj.* very, great.
won't → **wull**.
wudds *n.* woods.
wudnae → **wull**.
wull *v.* will. *cond.* **wud** would. *neg.* **wudnae** would not. *neg.* **won't** won't.
wumman *n.* woman.
wur → **be**.
wus → **be**.
yae *pron.* you (*singular*)
yaes *pron.* you (*plural*)
yinst *adv.* once.